KB203426

4·3 때 억울하게 숨져간 모든 4·3영령들께 이 시집을 바친다.

한그루시선

동백 졌다 하지 마라

김영란 시집

차
례

나무의 시

생각대로 산다는 건
쉽지만은 않았어요

머리와 가슴이
엇갈린 그 길 위로

바람이
기척할 때마다

휘청이는
당신과 나

제1부

손톱달 안부

1

슬픔이 달처럼 내려앉고 있었어

어둠의 안쪽으로 얼굴 없는 사람들이
찢기고 피 흘리며 바닥을 긁고 있어
저 비좁은 돌 틈에 무슨 뜻으로 꽃은 폈나
오래 머물기엔 어둡고 깊은 동굴
빛도 새소리도 초목들도 다 어두운
은밀한 그 시간이 지켜보고 있었지
생솔가지 연기가 목을 가만 조여 왔어
손톱이 빠지도록 안부를 기록했지
하도리 물새들아 종달리 똥깅이야
다음 봄을 기다릴 수 있을지 몰라

야비한 인사말처럼 동굴 문이 닫혔거든

2

   죽음보다 더 깊이 숨고만 싶었을까 관 뚜껑 열 듯이 비집고 들어간 굴엔 할퀴어진 꿈들이 나뒹굴고 있었어 아홉 살 조카야 아시야 형님아 아이고 아주망아 삼춘님 무슨 일이꽈 항아리 가마솥 질그릇 물허벅 곡괭이 도끼 요강에 솥뚜껑 구덕 안경 허리띠까지 아우성 치고 있었지 무엇을 할 수 있을까 가슴에 묻고 울었을 뿐

3

눈이 퉁퉁 부은 채로 사십 년에 또 몇 년

고스란히 묻어놓고 흘러갈 줄 알았지
세상 문 열리듯이 동굴 문이 열렸을 때
앙상한 뼛조각에 달려드는 햇살들
근거도 흔적도 없이 빛나지나 말 일이지
열한 개 빈 관들은 헛묘로 떠났을까
곡소리도 죄가 될까 숨죽여 울던 바다
그 바다 한가운데 흩뿌려진 넋들이

단 한 번 거르지 않고 손톱달로 뜬 거 봐

어떤 추도사

- 비전향 장기수 故고성화 선생 추모제에서

혁명가의 무덤은

땅속이 아니다

우리들 심장에

깊숙이 묻는 거다

아이들 떠드는 소리,

저게 곧

추모다

게메마심*

섬에선 나무들도 바람의 눈치를 본다

머리채 잡혀 끌려가던 북촌마을 머귀나무도

"예"인지 "아니오"인지 끝내 답을 못 했나

직립을 포기하고 엉거주춤 서 있는 거 봐

무자년 섬사람들의 생존의 그 화법처럼

쉽사리 꺼내지 못한 채 맴돌고만 있었지

* '글쎄요'의 제주어

긴 무덤*

골로 간단 그 말뜻 이제야 알겠네

농담처럼 건넸던 말 등골이 오싹한 말 비명도 안
들리는 심심산천 골짜기에 시작도 끝도 모를 깊고 긴
구덩이, 관이 되고 무덤이 된 산내면 골령골, 등 밟고
뒤통수에 총구를 들이대는, 두 다리를 들어 올려 구
덩이로 구겨 넣는, 엎드린 채 돌아보는 마지막 눈빛
들, 확인사살 총성 담긴 열여덟 장 사진들

반세기 지난 후에야 긴 시간의 문을 여네

* 1950년 6·25전쟁 발발 직후 대전시 산내면 골령골에서 7,000여 명의
민간인이 학살되었다.

남바람꽃

안부를 묻는 것도 불안불안 했었지

해안선 5킬로 이내로 하산하란 그 명령 바들바들
떨렸지 거처할 곳 없었지 세 차례 개명으로 난세를
타고 넘었지 바람의 땅에선 바람처럼 살아야 해 한라
산바람 남방바람 아냐 그냥 남바람이라 할 거야

사월의 중산간 들녘
소곤소곤 바람 분다

봉근둥이*

동네에서 하나둘 남자들이 사라졌다
할아버지
아버지
큰형
작은형

어머니 혼자인데도
동생은
태
어
났
다

뒷집에도 아이울음 조심조심 흘렀다
딸만 있던 그 집에
고추 달고 나온 아이

기쁜 날 그 집에서는

곡소리가

흘

렀

다

조천 朝天

간절한
촛불 하나
지키고 싶던
스무 살

거꾸로 매달려
찢어놓던 하늘가에

꼿꼿한 가문의 핏줄
하르방손지* 있었다

떠도는 바람 따라
의문사**로 돌아온

시간의 근황을
꼼꼼히 더듬으며

거스른 세월을 풀고

밝아오는

아침하늘

---

* 그 할아버지의 그 손자라는 뜻으로 김용철의 할아버지는 일제에 항
   거해 독립운동을 했던 독립유공자이다.
** 1948년 3월, 조천지서 김용철 고문치사사건

돌매화

눈부신 고독이라야 찬란히 빛이 나죠
절벽 끝 바위틈에 외발로 선다 해도
순백의 향기를 품고
피어나는 사랑처럼

흔들리지 않으려고 자꾸 키를 낮췄어요
해맑고 투명하게 살아보고 싶어서
남들이 가지 않은 길
혼자서 걸어왔죠

하늘이 내어준 그만큼의 자리에서
서둘러 이별을 준비해야 한다면
마지막 인사말쯤은 바람에게 맡겨요

사촌형님

그 시절

그 땅에도

사람이 살았단다

산에도 가지 마라 바다에도 가지 마라

산불근山不近 해불근海不近* 휘휘 내닫다,

4대독자 내 아들 길에서 낳았단다 기면서 구르면서

바위틈에 숨어들어 입 꽁꽁 눈 꽁꽁 가슴 꽁꽁 묶어놓고

늦가을 건천乾川도 목이 타 울던 시절,

몸의 물

슬며시 받아

마른 입술

축여준

* 산불근山不近 해불근海不近: 4·3사건 당시 산사람도 무섭고 군경토벌대
  도 무섭다는 뜻으로 산에도 바다에도 가까이 가지 말라고 사람들 사이
  에 널리 쓰이던 말

꽃도 아픈 사월에

뭇매처럼
쏟아지는
부신 빛이 아려서
지천으로 봄까치꽃
온몸이 다 퍼렇다

하늘도 아래로 내려
꽃에 입을 맞춘다

눈물이 된 섬

이름만 붙이면 죄가 되는 섬이 있지

젊은 것도 죄 똑똑함도 죄 통일조국 원한 것도 죄 중산간 마을에 산 것도 죄 남편 행방 몰라도 죄 형과 아버지가 집에 없는 것도 죄 동굴에 숨은 것도 죄 바닷가 마을로 피난 못 한 것도 죄 가을걷이로 늦게까지 밭에 있어도 죄 3·1절 기념식에 참석한 것도 죄 사사건건이 모두 죄 숨을 곳 찾아 섬을 등지고 싶었지 빨갱이 섬이라 했지 창살 없는 감옥이었지 불구덩이 속으로 기자들이 왔댔지 울부짖는 도민을 본 광주의 기자들* 동란의 제주를 카메라에 담았지 떠나간 사람들과 남겨진 사람들 쓰러지는 광주를 담은 파란 눈의 기자처럼 언론의 거짓말을 기록하고 알리고 제주의 눈물을 닦고 또 닦았지

사람아, 사람이기를 끝끝내 잊지 말라고

* 1948년 6월 29일부터 14일간 제주4·3 현장을 취재하러 왔던 광주 호남신문 기자들

별의 기원

　동광 육거리에 저항의 뿌리 하나
　불귀의 객이 된 청년들이 보인다 탐라의 푸른 들판
붉은 피로 젖던 그날, 풀뿌리 하나에도 세금이 매겨
지고 신목이 잘리고 당목이 베어지던, 진정한 해방은
공출 없는 세상이라 탄압이면 저항이라 물러설 수 없
는 분노 첫머리에 이름 없던 젊은 피가 솟구치며 외
친다, 내 죽음을 헛되이 하지 마라
　신새벽 동쪽 하늘에 외롭고 높은 그 별

제2부

진눈깨비
- 형무소 가는 길

눈물이 마르기 전
항구에 닿았다

풍문에 묻어오던
가벼운 목숨들

파르르 포승에 묶여
목포항에 내렸다

온몸을 후려치는
칼날 같은 진눈깨비

폭도 새끼! 빨갱이 섬것들!
침 뱉으며 달려드는

너덜한 갈옷 사이로 파고드는 저 욕설

엽서 한 장

붉은 소인
마포 형무소
아버지 엽서 한 장

낭설처럼
생트집처럼
인생에 끼어들어

와르르 허물고 가는
천추의
저
낙인

반백 년 흘렀어도
풀지 못한 한이 있어
뿔뿔이 흩어진 가족
그 안부 다시 묻고
명 긴 게 벌이라시던

어머니 생각합니다

인생은 낙장불입
못 바꾸는 패 하나

빈속에 깡소주
웃풍 심한 냉방에서
아버지
서러운 생애

그리움으로 마십니다

벚꽃이 피면

이른 봄
쇠창살로
햇살이 숨어든다

어느 날 빨갱이 기집이라고 느닷없이 잡혀갔을 때 내 등엔 세 살짜리 딸이 업혀 있었고, 새 생명 하나 움트고 있었지. 이유도 물을 새 없이 몽둥이찜질 당했지. 비바람 치던 어느 겨울밤 난생 처음 배를 타 봤어. 어디로 가는 건지 왜 나를 끌고 가는지, 바들바들 떨고만 있었어. 죽음보다 더한 공포, 물을 수가 없었어. 동물적 본능이었을까 시퍼렇게 참던 아이. 맞은 다리 찢기어 썩어들고 진물 나고 흰 뼈가 다 드러나도록 신음 한 번 안 낸 거야. 어미라는 작자가 제 새끼 아픈 것도 모른 거야. 마지막 의식인 듯 어미젖 부여잡고 싸늘한 입맞춤으로 작별인사 하고 갔어. 전주형무소 공동묘지, 거기가 어디였을까? 묻어두고 안동으로 이감되는 날, 벚꽃 핀 걸 보았어.

딸아이
옹알이처럼
내려앉고
있었어

돌아오지 못한 사람들
- 경전선 철길에서

묵비권을 행사 중
입을 꾹 다물었네

　가웃자란 갈대 낯빛 하얗게 질린 오후 철로변 까마
귀 떼도 날개 접지 못하네 사람이 사람을 사람으로
여기지 않아 벌레 죽이듯 가뿐히 짓이겨버린 시간들
운명의 뿌리 같은 마지막 교신 같은 까마득 휘어진
철로 안개 속에 갇히고 반백 년 백지신위 여기 와 획
을 그으려는지
　지상의 마지막 들숨 비명처럼 찢어져

메기독딱

　지나 온 밤들을 지우고 싶었지

　생각의 마디마디 아리고 쓰라려 수없이 뒤척이며
함께 울던 제주바다, 짧으면 삼 개월 길어도 일 년이
랬지 눈 붉은 새벽녘 형무소 도착하고 15년 형이란
걸 그제서야 알았지 어둠 속 검은 손들이 목을 조를
때마다 보고픈 당신을 품고 견뎌내던 검은 시간 목숨
이 길어 가면 욕褥들만 무성할 뿐, 형기가 반으로 줄
어 7년 6개월 만기출소, 417원 받고 나와 머리 깎고
마신 막걸리

　남은 건 바람 소리뿐 메기독딱 그것뿐

딱 한마디

울음마저 잊어버린
깊은 눈의 새 한 마리

무거운 짐 혼자 지고 먼 길 걸어왔지요 판결문도
없는 재판 하염없는 옥살이 말문 닫은 동백꽃 고개
숙인 봄마다 웃음도 울음도 저만치 또 멀어져 백수를
눈앞에 둔 백발의 할머니 70년 만의 재심 법정 휠체
어 타고 나와

최후의
진술 한마디
나, 죄 어수다!

돌들이 말할 때까지*

기다렸던 것일까
돌이 입을 열 때까지

구순의 다섯 할머니 표정 없이 내뱉는 말 눈물도
앗아가 버린 먹먹한 돌의 외침 흐르지도 흘리지도 않
는 농축액 같은 슬픔아 전쟁도 그런 전쟁 엊어서 기
억 속 그녀의 사월아 그 시상 다시 온뎅 허민 죽어불
고 말키여 섬에는 유난히 바람이 많아서 좌로 한 번
우로 한 번 상하로 또 한 번

한동안 무소속 바람 수시로 불어댔지

* 김경만 감독의 4·3다큐

별도봉 別刀峰

휘파람새가 울었어

바닷가 절벽에서

오래된 슬픔들이

하염없이 서성였지

가슴을 칼로 벤 듯이

이별은 늘 아프지

어떤 이별

시퍼런 초사흘 달 쪽창에 걸려있다

생의 마지막 날 빈 젖 빠는 어린 것 어둔 밤 호명소리에 파르르 감전된다 명줄 고작 백일이냐 불쌍한 내 아가 어미 살점 떼어주랴 어미 피를 짜서 주랴 떠나는 마지막 길에 눈 온다, 함박눈. 아가야 눈을 떠봐라 산지항에 눈 내린다 꽃상여 아니면 어때 처음 타보는 배로구나 널 그냥 풀섶에라도 두고 올 걸 그랬어 배 밑창에 짐짝처럼 포개 앉은 사람들 저승으로 가는 길 오장육부 비워내듯 서러운 오물덩어리 굽이굽이 열두 구비 저승인 듯 이승인 듯 서글픈 뱃고동 네 아비 우릴 찾아 여기까지 찾아온 듯 산지항 뱃고동 소릴 여기서 듣는구나 곰삭은 사투리로 비릿비릿 내리는 눈, 아가야 저승이 아니란다 눈을 떠봐라 아가야! 아, 가, 야! 아가야~! 슬픔의 정점에선 눈물 나지 않았네 홑포대기 덜렁 두른 어린 것 하나를 눈 녹아 질퍽거리는 목포항에 묻었다 봄 여름 가을 가고 눈 내리면

살처분 짐승새끼가 자꾸 나를 부른다

술 한잔

더듬어 찾아간 날 벌써 날은 저물어
핏발이 스며든 땅에 이슬로 졌을지 모를
아직도 헤매고 있을 그대 이름 불렀지

안동 이식골 남평문씨 종갓집 막내아들
인간의 법정에선 대한민국 첫 사형수
하늘의 법정에서는
무죄판결 받았는지

'수색 동방 5리'
'이름 없는 붉은 산기슭'
오래 전 신문기사 기대어 찾아간
경기도 망월산 뒤편 수작골은 아직 붉어

조국과 동포를 부르짖으며 죽어간
스물셋 그 영혼이 아직도 헤맬 것 같아
향 살라 무릎 꿇고서 올려 드린 술 한잔

주남마을 버스 정류장

　마흔두 해가 지나고 주남마을 행 버스 탄다

　서로의 슬픔을 우산으로 가리고 시멘트 포장길 따
라 파고드는 시간 속, 어미를 잃었을까 노랑부리백로
한 마리 날갯짓도 잊었는지 휘청거리다 사라지고 위
령비 푯말 따라 후다닥 떠가는 바람 광주에서 화순으
로 이어진 길목에 가도 오도 못하고 갇혀 버린 버스
한 대 유리창을 부수고 쏟아지는 총알들 할아버지 제
사를 모시러 간 여공은 주남마을 어귀를 떠돌고 있을
까 벽에는 어느새 어둠이 번지고 슬픈 눈을 가진 열여
덟 마리 노루들과 고요하고 거룩하게 마주하는 저녁
무렵

　아직도 주남마을 정류장엔 빗물이 고인다

노란 꽃*
- 아프가니스탄의 눈물

세상의 빛들이 눈앞에서 사라지네
짓밟힌 꽃들의 비명 가시철망에 걸리고 생명 자유
평등 사랑 그 찬란한 조국아 찢어진 날개 하나가 피
흘리며 떨고 있네 아무도 기억하지 않은, 아무도 약
속하지 않은 불안한 하루하루가 흔적 없이 지워지네
노랗게 부푼 꿈이 부르카에 갇히네 그물 밖 세상을
향해 나는 나를 꿈꿔보네
끝끝내 살아남기를
태양처럼 꽃 피기를

* 아프간 예술가 사라 라마니의 '아프간 소녀의 초상화' 제목

제3부

사월의 레시피

그날 이후
그들은 돌아오지 않았어

부위마다 낱낱이
해부되고 있었지

삼겹살,
목살에 갈비 등뼈
혀가 잘린
진술들

유도화 柳桃花

젖 곯아
밥 곯아
꽃들이
진다

팔월 염천에
눈 뜨고
진다

"함부로 손대지 마라"
허옇게 품은 독毒,

내리 사흘 배고파
한 살 여동생 울었다

영문 모르는 폭도새끼
젖 한 모금 못 얻어

열한 살 내 품에 안겨

벌겋게

꽃이 진다

멀미

섬에서
모든 길은 바다로 뚫렸다

섬에서
모든 길은 바다로 막혔다

제주해$_海$ 출륙금지령
오늘도,
불심검문

기다리며*
- 정방폭포에서

깊고 푸른 그 밤에

동백 지던 그 밤에

주먹밥 한 덩이가

이별이던 그 밤에

하얗게 부서져 내리네

눈물 같은 뼛가루

* 화가 이명복의 아크릴릭화 제목

고구마

한 입 베어 물면 가슴께로 오는 통증 내 나이 다섯
살 아버지가 건네신, 마지막 인사하듯이 손에 꼭 쥐
어주신,

후다닥 나가시는 길 뒤따르던 총소리, 영문 모른
어머니 내 손 잡고 뛰었지 솔밭 기어 산등성이 올라
토끼처럼 숨었지 별들의 보호 받으며 밤이면 마을로
내려왔어 도둑처럼 제집 털어 해 뜨기 전 산으로 갔
어 오르고 내리고 오르고 내리고 산이 집이었지 나를
지킨 집이었지 그게 오름이란 걸 커서야 알았어

산사람이 폭도라면 우리도 폭도였지 폭도가 빨갱
이라면 우리도 빨갱이지 어느 날 군인에게 잡혀 학교
에 갇혔어 예쁘기로 소문난 고모 어디론가 끌려갔지
돌아오지 않았어 물을 수 없었지

풀려나 집으로 와도 집은 집이 아니었지 아버지 찾
아 고모 찾아 집에 가듯 산으로 갔어 토벌대다! 하는

찰나 어머니가 꼬꾸라졌어 십 년 넘게 옆구리에 총알
박고 살아야 했지 명 긴 게 벌이라던 어머니, 팔순 넘
게 사셨어

  아버지 대신 편지가 왔지 마포형무소 소인을 달고
  그것으로 끝이야 어디에도 아버지는 없었어 정뜨르
비행장에서 처형 소문이 돌았지 제 손으로 구덩이 파
래서 총 쏘아 죽였다지 작은아버지는 거기서 죽었어

  기막히고 기막히고 억울하고 억울해 다섯 살 그 가
을을 잊어본 적이 없어

  아직도 가슴에 걸려 내려가지 않아

송령이골

아침을 향하던 시퍼런 죽창이 있다

바다보다 산이 가까워 산으로 갔던 젊은 꿈들 길
잃은 구름처럼 산산이 흩어진, 약속한 적 없는 약속
이 거기 있다 세상을 울다 지쳐 바닥에 몸부림치는
저 땅찔레처럼 산담도 비석도 없이 버려진 사람들 무
심한 시간을 따라 산비둘기 울음 따라

손톱 밑
가시를 핥아주는 몸 시린 새벽이 있다

그리운 것들은

그리운 것들은 등 뒤에 서 있었다

시래기 엮듯 포승에 묶여 서 있는 사람들, 절망의
깊이만큼 굽은 허리, 노상 암청색인 거친오름 하늘로
바람까마귀 한 무리 불안하게 날고

흐릿한 그림자 하나 고개 들어 뒤를 본다

뿌리 약한 나무 낯선 바람에 떨고 있다

살아 있어 불안한 눈빛 그리움에 흔들려 꿈인 듯
생시인 듯 대명천지 눈부신 햇살 찌르듯 파고들어 소
리 없는 비명이다

등 뒤로 멀어져가며
나를 보는
슬픈
눈

밀라이*

담배 좀 다오
담배 좀 다오
피 냄새!
살 수가 없어

한 모금 담배연기에 쿨럭거리면서도 할머니는 계
속 담배를 찾으신다 우리는 둥그렇게 둘러서서 담배
를 붙였다 볼우물 깊게 패이도록 빨아들여 할머니에
게 연기를 불어드렸다

이제야
좀 살 것 같구나
비린내
가시는구나

* 베트남에서의 미국전쟁 당시 미국이 집단학살을 자행했던 베트남의
  시골마을 이름

베트남 피에타*

아직도 흘려야 할
눈물이 남았을까

깊고 좁은 구덩이에
말라붙은 눈물자국

어미의 자장가 소리
그칠 줄 모른다

* '베트남 피에타'는 '평화의 소녀상'을 만든 조각가 김서경, 김운성의 작품으로 한베평화재단에서 베트남과 한국 곳곳에 세웠다. 제주 서귀포시 강정동 성프란치스코 평화센터에도 세워져 있다.

슬픈 자장가

아가야 이 말을, 이 말을 기억하거라
수많은 제주사람을 제주의 젊은이들을
우리의 경찰이 우리의 군인이 다 쏘아 죽였단다
아가야 너는 커서도 이 말을 기억하거라*

제주 땅 그 어디를 아니라고 할 수 있겠느냐 다랑
쉬 곶자왈 옴팡밭 정뜨르 너븐숭이 터진목 광치기 해
변 빌레못동굴 하귀 어음 금악 대정 안덕 서귀포 성
산 표선 조천 함덕 선흘 성안
아가야 잊어선 안 된다
네가 밟는 땅 할아비 피를

아가야 잊지 말거라 자면서도 기억하거라

* 베트남에 전해오는 자장가 차용

58

고엽제

물방울도 아닌 것이 숲 하나를 삼켰어

저주받은 초록들이 땅에서 사라져 아내가 아이 낳자 제일 먼저 물었어 손가락 발가락 모두 다 온전해? 첫 아이 태어나 한 달 만에 죽었고 둘째는 정신지체 셋째는 차마 무서워…… 머리 둘인…… 눈코 없는…… 팔다리 오그라든…… 머리통이 몸 두 배인…… 손가락이 발가락 같은…… 팔다리 짐승처럼 짧은…… 그마저 얼마 못 살고 비명에 간 아이……

죽어도 살아야 했어
희미한 딸랑이 소리

그대 아직 살아있다면*

- 반레 시인

명분 있는 전쟁은 아름다울 거라 생각했지

전쟁터 가는 길에는 아름다운 꽃이 피어 있을 거라고
시인 지망생인 내 친구를 뺏어갈 줄 몰랐지
내 형제 내 이웃을 죽이게 될 줄 몰랐지
승리해도 슬퍼질 줄 몰랐지
"너희가 내 자식들 죽였어!"
부메랑으로 돌아올 줄 몰랐지

"전쟁 중 네 총구 앞에 있는 사람은 누구나 적이란다
총구를 거두는 순간 사람만 있단다
적도 나도 없어 그저 사람만 있을 뿐"
어머니 말씀 불현듯 떠올랐지

오토바이들 질주하는 거리
보기만 해도 눈물 난다는 친구
다른 나라 전쟁 소식 텔레비전에서 봤다며
사람들이 평화롭게 질주할 수 있어서

다행이라고

평온해서 감사하다고,

인생의 사고였다고

지난날은 사고였다고

* 베트남 작가 반레의 장편소설 제목

제4부

귓속말로 우는 뻐꾸기

만뱅디* 가는 길엔 찔레꽃만 피었더라

밤새 울던 눈물길에 소금꽃만 피었더라

죽어도 잊지 말자고 귓속말로 피었더라

무덤 많은 곳에는 뻐꾸기가 산다더라

소리 내 울지 못하는 무덤 무덤 저 뻐꾸기

만뱅디 뻐꾸기 울음이 하얀 꽃을 피우더라

* 제주도 한림읍 소재. 에비검속이란 미명 하에 아무런 재판도 없이 죽어간 46위의 시신이 안장된 공동묘역이 있는 곳.

곤을동 멀구슬나무

경계경보 방송처럼 싸라기눈 내리네
꽃도 잎도 다 떨군 늦겨울 가지에
차가운 눈물 몇 방울 그렁그렁 맺혀 있네

울음의 뿌리가 남아있는 빈 집터
해안선 5km 밖 소개령이 무색하던
아무도 돌아오지 못한 바닷가 그 마을

기억을 덮으려는지 포장된 올레길에
안부를 전하며 해마다 꽃은 피고
최후의 증언을 하듯 멀구슬나무 서 있네

불칸낭*

4·3 때 온 마을 불탄 선흘리에 가면

불에 타도 죽지 않은 나무가 있지요

숯덩이 가슴을 안고 지금도 살고 있죠

질기게 살아남아 더욱 아픈 목숨이죠

세월에 불연소된 뭉툭한 상처자국이

반역의 한 생을 돌아 시퍼렇게 눈을 뜨죠

* 불에 탄 나무라는 뜻의 제주어

이비외솔耳鼻外松*

사람 같은

세월을 견딘 목숨의 숨뿌리 같은

휘휘한 바람소리에 쓰러져 누울 것 같은

다 떠난
솔松 동산에
홀로 선
죄인 같은

상처 깊을수록 입이 무거워지듯
군자의 유구무언 간절한 언약 같은

육백 년

노송 한 그루

증인으로 서 있다

* 제주도 중산간에 위치한 사라마을에는 사람의 얼굴을 닮았다 하여 이
비동산이라 불리는 동산이 있다. 아름드리 소나무가 울창하였는데 4·3
초토화 작전으로 모두 불에 탔다. 그 난리 중에 타다 남은 소나무 한
그루를 이비외솔이라 한다.

꽃 피지 않는 봄

애비 있는 산으로 뛰어라
그러면 살려 주마

죽어라 달렸어요 나도 이제 다섯 살인걸 서천꽃밭
흐드러진 환생의 꽃무더기 열린 동공 안으로 와락
안기고 날개가 돋으려나 겨드랑이가 간지러워요 둥
실 떠오르는 몸 아, 날개 생겼나 봐요 코끝에 확 스치
는 풀냄새 아버지 냄새 아버지, 보고 싶은 아버지 탕,
탕, 타타탕!… 아버지 등에서 흙냄새가 나네요 언제
나 잉크냄새 났던 아버지 고개 들어 하늘 한 번 봤어
요 잉크빛 하늘이 주르륵 쏟아질 것 같아요 나, 잘 뛰
었나요? 이제 아버지 만났나요? 졸려요, 아버지 얼굴
이 안 보여요 등 돌려 나를 봐요 아, 졸려…

철모른 숟가락 하나
떨어뜨린 어느 봄

산전山田* 가는 길

어수선한 세상에선 길도 길을 잃는지
해마다 오던 길 서너 시간 헤맸다
우거진 조릿대 숲만 딴청부리는 십일 월,
드문드문 노란 칠 암호 풀듯 찾아가는
시안모루 그 지점 노출을 꺼리는지
초록의 표고 밭 경계 그물망만 드높다
목숨 건 명분들이 하나둘 하산할 때
이십대 젊은 사령관 푸른 꿈도 흔들렸을
살아서 불안한 시간 섬찟 붉은 단풍이여
앓아누운 어둠 속을 맨발로 걷던 사람
천미천 마른 헛바닥 그날처럼 타들어
무더기 돌탑에 쌓인 꿈이 외려 슬프다

* 사려니숲 시안모루에 있는 곳으로 무장대 이덕구부대가 머물렀던 곳
  으로 전하여짐

산푸른부전나비

웃자란 엉겅퀴
그 위로
산푸른부전나비
흠칫,
제 그림자에 놀라
뒤돌던 유월 햇살
선흘리 동백 그늘로 아스라이 길을 낸다

길도 지쳐 누운 곳 들꽃들이 길을 열고
무언의 맹아 한 촉 뻗어나간 줄기마다
무자년 눈물방울이 콩짜개란으로 살아와

나뭇잎 하나에도 훔치던 눈물자국
돌멩이 하나에도 새겨진 비명소리
아직도 산푸른부전나비
원 그리며 나는데

되돌아 나오는 길
하늘 가득 두견새 소리
생과 사 그 경계에서
또 저렇게 울었을까
갈 길을
찾지 못하고
맴도는 저 푸른,

표선 백사장

바람의 손목을
물어뜯고 싶었어

명치를 때리며
밀려갔다 밀려오는

바다의 울음소리는
자꾸만 깊어지고

꽃다운 목숨들이 아무렇게나 스러지던
P읍이라고 했었어 피읍이라 들었지

그 밤은 용서하지 마
잃어버린 밤들을

새하얀 도화지 같은 모래사장 한모살에
목 잘린 꽃송이 붉은 넋을 위로하며
더 이상 작별하지 못한 이름들을 새겼어

무등이왓

콩 타작 뒷그루
싹이 튼 이삭 콩

손 놓친 아이처럼
파르르 떨고 있는,

육거리 뚫린 길 따라
포위망 좁혀오고

영문도 모른 채
총부리에 숨겨간
그 마을 사람들
돌아올 줄 모르고,

딸아이 원혼이었나
애기동백
툭
진다

여섯 개의 점으로 쓰인 비문에 대하여

　오래 묵은 슬픔이 버짐처럼 피어나요 찢어지던 통
곡은 아득한 기록인가요 수천 번 아니 수만 번 주저
앉은 문장인가요 썼다 지우고 썼다 지우고 끝내 못
보낸 문자처럼 위령비 비문에 찍힌 여섯 점 마른 눈
물인가요 죽은 사람은 있는데 죽인 사람은 어디 있나
요 피해자는 간데없고 희생자만 남겨놓은 수상하고
치욕적인 그 문장을 용납할 수 없잖아요 동포의 학살
을 거부한 그게 무슨 죄인가요 차라리 빨갱이 폭도로
남아 잘못된 역사를 증언할래요 손가락 총 하나로 이
승 저승이 나뉘고 벼랑 끝 내몰려도 희생자라 적지
마요 잘난 체하지 마라 나서지도 마라 모난 돌 정 맞
는다 큰소리 내지 마라 손가락질에 죽어나간 옳고 바
른 사람들 그들을 겨눈 손가락 뭉툭 잘라 제단 위에
바치고 싶어요 점 하나 점 둘 점 셋 점 넷 점 다섯 점
여섯 이것이 마지막 눈물이길 바라며 터지는 분노를
삭여 말없는 위령비가 섰네요

성산포 일몰

그 섬의 동쪽에서
오래도록 서성였다

사유하고
질문하라
묵묵히 견딘 하루

그 섬의
비망록에는
후기가 없었다

제5부

동백 졌다 하지 마라

탄압이면 항쟁이다

마지막 저항 같은,

동포의 학살을 거부한다

운명의 뿌리 같은,

핏줄이 핏줄에게 보낸

무언의 당부 같은,

꽃들의 예비검속
- 코로나19

유채꽃 일생 위로
트랙터가 지나갔다

등뼈가 무너지고
혀가 잘려 나갔다

더 이상
최후변론은
필요치 않았다

* 코로나19 사태로 20만 명 가까이 방문하던 축제까지 취소했지만, 상춘
  객과 관광객들의 방문이 끊이지 않자 서귀포시가 결국 유채꽃밭을 갈
  아엎었다.

동백 붉은 이유
- 현의합장묘에서

생목숨

결딴내듯

툭,

지고 마는

치명의

붉은 낙화

가슴에 찍혀

열두 살

처음 받아든

목이 메는

내 호적

고사리 장마

해마다 사월이면

마른 젖 탱탱 불어

까맣게 잊은 듯이

가슴에 품은 아이

조막손 제주고사리

젖 달라고 보챕니다

제주사람

시인 신동엽 눈에
시커멓게 탄 석탄똥 같은
구멍 숭숭 제주 돌이
제주사람 같았나 봐
그것은 구제받아야 할
발악 아니면
기진맥진 같은*

* 신동엽 시인의 제주기행 산문에서

섯알오름*

감지되던 예감 앞에
더듬이 세운 새벽빛

호명되는 그 이름이 싸늘하게 감겨온다 그 누구 이
름일까 휘둘러 살피는데 삽시간 꽂히는 눈빛 등 떠
밀며 꽂히는 눈빛 세워 앉은 무릎 풀며 휘청 나설 때
아, 달빛 눈빛 푸른 저 새벽달 최후의 증인처럼 졸졸
따라 나선다 트럭에서 멀어지는 한림항 갯내음 신사
동산** 소롯길 지그재그 해무리 그 속으로 그리운 가
족사 드문드문 지나고 죽음의 예고편처럼 길이 마냥
끌려온다 기막힌 사연들이 타전하듯 속삭일 때 귓속
말 뚝 끊기고 길도 이젠 끊기고

지상의 마지막 인사

흘려놓은

신발

한

짝

* 섯알오름: 6·25전쟁이 발발한 1950년, 예비검속자들을 집단 학살,
  암매장한 곳으로 제주 대정읍에 위치한 오름
** 신사동산: 제주 대정읍 상모리에 있는 야트막한 동산으로, 일제 강
  점기에 신사가 있었다 하여 붙여진 이름

바다는 안 보여요*

메마른 슬픔이
지워지지 않는다

포구를 지나온 날
부풀어 오른 흰 달처럼

종달리 마을 안에는
수국만 피었다

떠나간 사람도
기다리는 사람도

기어이 잊으려는 듯
바람도 잠잠했다

바다는 아무런 말도
꺼내지 않았다

* 종달리 마을 안에 있는 카페 이름.

삽시揷匙

    제주섬 바람소리엔 뼈 맞추는 소리가 난다 일어나
아우성치는 이백육 마디마디
    사월의 제단 앞에선 산목숨이 죄만 같아

    애비 아들 보내는 날 가슴 치며 울던 바다 육십 년
만에 찾아온 육신 젓갈 삭 듯 녹아내려 생살점 떼어
내듯이 봄꽃 벌써 지려 하네

    머리 하나에 팔다리 맞춰는 놓았다만 내 남편 내
아들 맞기는 한 것이냐
    어디다 하소를 할까 혼절했던 시간들

    앞서거니 뒤서거니 절뚝이는 저승길 열두 대문 휘
이휘이 고이 넘어 가시라
    어머니, 고운 멧밥에
    떨며 꽂는
    숟가락

성산포의 달

물때 따라 육지 길이
열렸다 닫히면
슬픈 언약처럼
달이 떠오르죠
터진목*
모래 언덕에
순비기꽃 피어나죠

이생의 종착지에
흩어지는 비명 하나
울음이 울음 물고
속절없이 떠돌죠

달빛이
파도에 젖어
흐느끼는
성산포

* 4·3 때 제주도 성산읍 주민들이 군인 경찰에 끌려와 무참히 학살된 곳.

을씨년스러운 날

쪽집게 예언처럼 푸른 뱀 혀 내밀던
그해 첫날 햇살은 유난히 화창했네

어쩌면 반전의 기운,
불길한 징조였을까

시일야 방성대곡 주저앉은 그 울음
역사의 수레바퀴 돌고 도는 그 자리에
체면도 염치도 없이 도용하는 짓이라니

혀 깨물 용기도 없이 세 치 혀를 나불거리며
국민을 등지고 간, 애국 아닌 매국의 길

수난의 시간 속에서
촛불은 다시 타네

목숨

　마을이 불타던 날 산으로 뛰었습니다 두 살짜리 아이 업고 담요 한 장 덮어 씌워, 스물둘 신혼의 꿈도 그 때 모두 불탔습니다

　쌀 한 되 간장 한 병 산사람에게 준 죄로 콩밭 소나무밭 벌레처럼 기어서 산으로 숨었습니다 무자년 가을입니다

　후다닥 피해 달아난 남편소식 끊어지고 몇 날을 헤매었을까 산에 눈, 내립니다 두 손에 내린 곤밥*을 와들와들 삼켰습니다

　산에서 잡혔다고 산사람이 되었습니다 전기고문 비행기고문 팔 꺾여 허리 부러져, 가는 숨 늘어진 아이 품에 안고 울었습니다

배에 태워 어딜 가는지 아무도 몰랐습니다 무릎에
눕힌 아이 숨이 곧 멎을 것 같아 코에다 손을 대보면
아뜩한 숨소리

  새끼가 무슨 죄냐 들여준 죽물, 서너 번 입에 넣었
더니 똘, 깍, 똘, 깍 내리는 소리 이승의 마지막 난간
에 간신히 매달려

  배롱이 눈 떴습니다 살아있다는 신호처럼 그 아이
살아남아 지금, 일흔입니다 그 세상 살아서 넘은 질
기디질긴 명줄입니다

* 쌀밥을 이르는 제주어

하직 下直
- 4·3평화공원 행방불명인 묘역에서

내 손으로 너를 묶고
네 손으로 나를 묶고

건너갈 저 세상
벼랑 끝 이 세상

뒤돌아
부르는 이름
어머니
어
머
니

해설

지지 않는
열정의
꽃

김동윤
제주대 교수, 문학평론가

1. 제주 토박이의 첫 4·3시조집

'4·3항쟁 77주년' - 우리는 우선 김영란의 제4시조
집인 『동백 졌다 하지 마라』가 바로 여기에 방점 찍
어 기획되었음을 주목하게 된다. 제주4·3도민연대
의 활동가로서 분투해온 김영란 시인이 환갑을 맞는
을사년에 작정하고서 상재하는 시조집인 셈이다. 따
라서 독자들은 김 시인이 2011년 신춘문예로 등단한
이후 15년 동안 온몸으로 꾸준히 써온 4·3항쟁 관련
작품들을 알알이 꿰어낸 것임에 유념하면서 이 시조
집의 옹골찬 메시지를 읽어냄이 바람직하다. 여기서

우리는 김영란의 이번 작업이 제주 토박이가 펴낸 첫 번째 4·3시조집이라는 의의를 지니고 있음도 짚어두어야 마땅하다. 4·3문학사에서도 그 위상이 예사롭지 않다는 것이다.

그런데 왜 그랬을까. 시인은 4·3항쟁을 표방한 작품집의 '서시'로 왜 다음의 작품을 내세웠을까.

생각대로 산다는 건
쉽지만은 않았어요

머리와 가슴이
엇갈린 그 길 위로

바람이
기척할 때마다

휘청이는
당신과 나
- 「나무의 시」전문

단형의 평시조로 담백하게 써낸 이 시조에는 30년 넘게 함께 살아온 부부의 함께하는 삶이 응축된 것

같다. 김영란 시인의 남편 양동윤은 제주4·3도민연대의 오래된 대표다. 김영란이 늦깎이 시인이 된 후에 그들은 4·3운동의 동지로 활동하고 있다. 시인에게 남편은 "컴퓨터 앞에서 조합한 시로 기교 부리지말고 발로 쓰는/ 시대를 앞서 가는 시인이 되라고" 시론 같은 지침을 주는, "이 땅의 민주화와 4·3의 완전한 해결을 위해/ 바보처럼 곧고 바르게 걸어가는" 『꽃들의 수사』의 「시인의 말」 사람이다. 시인은 그를 "늘 내 정신을 죽비로 후려쳐 깨워주는"「자전적 시론」 존재로 여긴다. 김영란 시조, 특히 4·3시조의 중요한 원천은 바로 부부의 동지적 사랑이 아닌가 한다. "휘청이는" 가운데서도 든든히 뿌리내린 하나의 나무이기에 "쉽지만은 않"은 실천의 삶을 어깨 걸고 웅숭깊게 엮어가고 있는 것이리라. 서시를 포함하여 총 60편의 시조가 5부로 나뉘어 수록된 이번 시조집은 그러한 실천적 삶의 결과물이라 할 수 있다.

2. 거룩한 항쟁과 시퍼런 상흔

남녘 섬 제주에는 한반도보다 앞서 봄의 함성이 대지를 뒤흔든다. 도도한 땅울림은 들판의 예서 제서

피어나는 각양각색의 꽃으로 화산섬의 산천을 채색해 놓는다. 이 시조집에서도 새봄의 섬에서 만나게 되는 동백꽃, 봄까치꽃, 남바람꽃, 벚꽃, 찔레꽃, 유채꽃 등을 의미심장하게 피워내고 있다.

　일제의 굴레에서 벗어나 해방을 맞이하던 그 시절의 제주섬 봄꽃은 더욱 풍성하고 찬란했다. 7만이 넘는 일본군을 섬에서 내보내면서 제주의 민중들은 탈식민화의 의지로서 통일독립을 벅차게 희구했다. 하지만 신제국의 외세와 추종 세력들은 그 열망을 여지없이 짓밟아갔다. 이에 맞선 제주 민중은 동토를 녹여내면서 우꾿우꾿 솟아나는 새봄의 식생처럼 항쟁의 봄날을 달구어갔다. 분단을 획책하는 단독선거만은 결단코 용인할 수 없었다. 마침내 제주는 38선 이남에서 5·10단선을 단호히 분쇄해낸 유일한 지역으로 우뚝 섰다. 그러나 거룩한 항쟁의 대가는 너무나 혹독했다.

　　　　몽매처럼
　　　　쏟아지는
　　　　부신 빛이 아려서
　　　　지천으로 봄까치꽃
　　　　온몸이 다 퍼렇다

하늘도 아래로 내려

꽃에 입을 맞춘다

-「꽃도 아픈 사월에」 전문

　봄까치꽃은 흔히 봄의 전령사로 통한다. 반가운 소
식을 알려준다는 까치 같은 존재로 피어났기에 새봄
의 희망과 용기를 주는 꽃이라는 의미로 그렇게 명명
되었다. 제주의 봄 들판에는 이 꽃이 그야말로 지천
으로 깔리는바, 시인은 이를 4·3의 전령사로 영접하
였다. 제주의 봄은 항쟁의 계절이었기에 봄의 전령
사가 바로 4·3의 전령사라는 인식은 퍽 자연스럽다.
그러나 4·3항쟁이 현상적으로는 목표에 도달하지 못
함에 따라 그 상흔은 퍼렇게 남고 말았다. 마구 난타
당한 제주민중의 살갗은 처참하기 그지없다. 봄까치
꽃이야말로 상흔의 색깔을 고스란히 떠안은 민초와
다름없음을 「꽃도 아픈 사월에」는 여실히 보여준다.
「남바람꽃」에서는 "바들바들 떨"면서 "바람의 땅에선
바람처럼 살"아가는 "사월의 중산간 들녘"의 작은 들
꽃이 "불안불안" 처량할 지경이다. 그럼에도 남바람
꽃은 "소곤소곤" 증언하길 잊지 않는다.
　제주섬의 항쟁은 참으로 거룩했지만, 항쟁의 봄날
은 오래 지속되지 못하였다. 무자년 여름부터 제주

는 반역의 땅으로 내몰렸다. 계절이 바뀌고 세월이 흐르면서 처절하게 찢겨져 만신창이가 되고 말았다. 그러니 꽃만이 아니라 나무, 곤충, 새들도 항쟁의 상흔을 온몸으로 호소하지 않을 수 없는 지경이다.

「게메마심」에서는 그 겨울에 "머리채 잡혀 끌려가던 북촌마을 머귀나무"가 나온다. "직립을 포기하고 엉거주춤 서 있는" 머귀나무의 형상은 집단학살의 와중에 가까스로 목숨을 부지했던 주민들의 생존법을 웅변한다고 시인은 말한다. 「이비외솔」에서는 토벌군경의 작전으로 불탄 숲에서 살아남은 제주시 도평동의 "육백 년/ 노송 한 그루"에 시선을 둔다. "다 떠난/ 솔松 동산에/ 홀로 선/ 죄인 같은" 소나무가 "증인으로 서 있"는 모습은 살아남은 자의 앙다문 입술을 떠올리게 한다. 「귓속말로 우는 뻐꾸기」에서는 "소리 내 울지 못하는" "만뱅디 뻐꾸기"가 속울음으로 하얗게 피워낸 찔레꽃 향내를 맡게 된다. 예비검속으로 몰살당한 그 분통함을 "죽어도 잊지 말자고 귓속말로" 울어왔건만 그 속삭임의 무게가 마침내 하얀 꽃의 함성으로 공동묘역에 울려 퍼진다는 것이다. 「유도화柳桃花」에서는 "젖 곯아/ 밥 곯아" "내리 사흘 배고"팠던 "한 살 여동생"이 열한 살 언니 품에 안겨 죽어간 사연을 환기한다. 빈 젖도 빨지 못했던 그 아기는 "팔월 염천에" 독을 품고서 "벌겋게" 협죽도로 피었다 지기를 반복한다.

특히 「산푸른부전나비」에서는 나비가 4·3항쟁을 입체적으로 조망하는 객관적 상관물로서 동백 숲을 누벼 다닌다. "웃자란 엉겅퀴" 위로 "산푸른부전나비/ 흠칫,/ 제 그림자에 놀라"면서 "선흘리 동백 그늘"로 날아드는데, 거기에는 "무자년 눈물방울이 콩짜개란으로 살아" 있었다. 그곳을 되돌아 나오던 나비는 "하늘 가득 두견새 소리"를 듣고서 "갈 길을/ 찾지 못하고/ 맴"돌고 있다. 이 나비는 회억에 젖어든 항쟁주체의 환생으로 볼 수도 있겠다.

이번 시집에서 또 의미 있게 포착되는 자연물로는 달月을 꼽을 수 있다. 그것은 항쟁보다는 수난의 양상에 관련이 깊다.

슬픔이 달처럼 내려앉고 있었어

어둠의 안쪽으로 얼굴 없는 사람들이
찢기고 피 흘리며 바닥을 긁고 있어
저 비좁은 돌 틈에 무슨 뜻으로 꽃은 폈나
오래 머물기엔 어둡고 깊은 동굴
빛도 새소리도 초목들도 다 어두운

은밀한 그 시간이 지켜보고 있었지

생솔가지 연기가 목을 가만 조여 왔어

손톱이 빠지도록 안부를 기록했지

하도리 물새들아 종달리 뚱깅이야

다음 봄을 기다릴 수 있을지 몰라

야비한 인사말처럼 동굴 문이 닫혔거든

(중략)

눈이 퉁퉁 부은 채로 사십 년에 또 몇 년

고스란히 묻어놓고 흘러갈 줄 알았지

세상 문 열리듯이 동굴 문이 열렸을 때

앙상한 뼛조각에 달려드는 햇살들

근거도 흔적도 없이 빛나지나 말 일이지

열한 개 빈 관들은 헛묘로 떠났을까

곡소리도 죄가 될까 숨죽여 울던 바다

그 바다 한가운데 흩뿌려진 넋들이

단 한 번 거르지 않고 손톱달로 뜬 거 봐

- 「손톱달 안부」 부분

이 시조는 다랑쉬굴 사건과 관련된 통시적인 증언을 담아냈다. 1948년 12월 행방불명되었던 종달리·하도리 주민 11명의 유골이 굴속에 고스란히 놓여 있음이 1992년 봄에 알려지면서 4·3의 참상을 다시금 널리 인식시키는 계기가 된 사건이다. 그런데 발굴 직후 제주도지방경찰청에서는 다랑쉬굴이 남로당 아지트로 추정된다고 발표하였고, 당국에서는 서둘러 유골을 화장하고는 김녕 앞바다에 뿌리게 하였으며, 굴 입구를 시멘트로 바르고 나서 포클레인을 동원하여 봉쇄해 버렸다. '주민의 입산→참혹한 학살→수십 년의 시신 방치→강제된 수장과 봉쇄'로 이어지는 일련의 과정에 4·3항쟁의 모든 모순이 응축되어 있음을 여실히 보여주는 상징적 사건이었다. 「손톱달 안부」는 그러한 모순의 상황을 넋두리하듯이 읊어낸 작품이다.

초승달이든 그믐달이든 손톱달은 충분히 환한 빛을 발산하지 못한다. 가느다란 빛으로 세상을 비추기에 그 한계가 분명하지만 나름의 시야는 확보된다. 적어도 나아갈 방향은 가늠할 수 있게 하는 빛이다. 어쩌면 누망縷望 같은 존재가 손톱달이라고 할 수 있다. 다랑쉬의 넋이 손톱달로 수시로 떠오르고 있는 것으로도 인식된다. 통일독립 투쟁이라는 4·3항쟁의 정신을 온전히 떨칠 그날은 아직 멀어 보이지만 언젠가는 반드시 도래하고 말리라는 신념이 저변에 깔려 있다.

이처럼 달 이미지를 유용하게 활용한 작품들이 이 시조집에는 더러 보인다. 1950년 7월 예비검속한 민간인들을 끌고가 총살하는 장면을 "눈빛 푸른 저 새벽달"「섯알오름」이 부릅떠 지켜보고 있었음을 일깨운다. 성산포 터진목의 모래언덕에서 "이생의 종착지에/흩어지는 비명"「성산포의 달」을 들은 것도 달이었다고 말한다. 한 여성이 죽어가는 어린아이를 데리고 산지항에서 승선하여 수형생활을 위해 목포항으로 떠날 때에도 "시퍼런 초사흘 달"「어떤 이별」이 쪽창을 통해 바라보고 있었음을 짚어낸다.

여기서 한 가지 짚어둘 게 있다. 위의 「손톱달 안부」를 찬찬히 보노라면 중장을 두세 번 반복하는 형식으로 구성되었음을 알 수 있다. 4·3항쟁의 온갖 사연을 제대로 담아내기 위한 방책인바, 이는 사설시조이면서도 평시조에서 크게 이탈하지 않은 것처럼 보이는 효과를 거두고 있다. 시조 고유의 맛깔을 잘 살리면서도 일상어를 한껏 담아내고 있음이 돋보인다. 정형률에 갇혀 있다는 느낌이 거의 들지 않을 정도의 자연스러움이야말로 김영란 시조의 특장이라 하겠다.

3. 끝내 살아낸 모성의 처절한 내면화

김영란은 항쟁과 토벌의 와중에서 가혹한 옥살이를 감내해야 했던 민중들을 각별히 주목한다는 점에서 유다름을 지닌 시인이다. 이는 물론 김 시인이 수형인 재심 등에 진력하고 있는 제주4·3도민연대의 활동가임에 기인하는 것이다. 「진눈깨비-형무소 가는 길」, 「엽서 한 장」, 「벚꽃이 피면」, 「메기독딱」, 「딱 한마디」, 「어떤 이별」, 「고구마」, 「긴 무덤」 등이 옥살이 관련 작품들이다.

울음마저 잊어버린
깊은 눈의 새 한 마리

무거운 짐 혼자 지고 먼 길 걸어왔지요 판결문도 없는 재판 하염없는 옥살이 말문 닫은 동백꽃 고개 숙인 봄마다 웃음도 울음도 저만치 또 멀어져 백수를 눈앞에 둔 백발의 할머니 70년 만의 재심 법정 휠체어 타고 나와

최후의
진술 한마디

나, 죄 어수다!

- 「딱 한마디」 전문

4·3 관련 「수형인 명부」에 기록된 2,530명의 수형
인 가운데 29명의 생존자가 있었고, 그 중에서 18명
이 2018년에 재심을 청구했다. 2019년 1월 17일 제
주지방법원에서 이에 대한 재판이 열렸다. 법정에
선 그들의 평균 나이는 90살이 넘었다. "백수를 눈앞
에 둔 백발의 할머니 70년 만의 재심 법정 휠체어 타
고 나와"서 "나, 죄 어수다!"라고 "최후의/ 진술 한마
디"를 했음을 위 시조는 보여준다. 결국 법원에서는
이들에 대해 '공소기각'을 결정했다. 드디어 빨갱이
낙인을 지우게 된 것이다.

이른 봄
쇠창살로
햇살이 숨어든다

어느 날 빨갱이 기집이라고 느닷없이 잡혀갔을
때 내 등엔 세 살짜리 딸이 업혀 있었고, 새 생명
하나 움트고 있었지. 이유도 물을 새 없이 몽둥이
찜질 당했지. 비바람 치던 어느 겨울밤 난생 처음

배를 타 봤어. 어디로 가는 건지 왜 나를 끌고 가는
지, 바들바들 떨고만 있었어. 죽음보다 더한 공포,
물을 수가 없었어. 동물적 본능이었을까 시퍼렇게
참던 아이. 맞은 다리 찢기어 썩어들고 진물 나고
흰 뼈가 다 드러나도록 신음 한 번 안 낸 거야. 어
미라는 작자가 제 새끼 아픈 것도 모른 거야. 마지
막 의식인 듯 어미젖 부여잡고 싸늘한 입맞춤으로
작별인사 하고 갔어. 전주형무소 공동묘지, 거기가
어디였을까? 묻어두고 안동으로 이감되는 날, 벚꽃
핀 걸 보았어.

딸아이

옹알이처럼

내려앉고

있었어

— 「벚꽃이 피면」 전문

　남원읍 의귀리 송순희 할머니의 사연과 관련된 작
품이다. 할머니는 4·3 당시 스물셋이었다. 김경만 감
독의 다큐영화, 〈돌들이 말할 때까지〉2024에서 할머
니는 "후려갈기는데, 날 갈기는데 그걸로 그냥 아이
다리를 맞은 거여요. (…) 그게 맞으니까 이게 덧이

나서 막 썩어서 그래서 재판받으려고 나도 그냥 거기 피 나길래 그걸로 빙빙 감아서 묶었어요. (…) 안으니까 그게 터져가지고 고름이 줄줄 나더라구요. 그때 뭐 기저귀가 있나요. 그 뭐 걸레조각 같은 걸로 빙빙 감아가지고 그대로 그냥 간 거예요. 전주로. (…) 가서 풀러봤더니 거기 간수가 아이가 막 다 죽어가더라고 나오라고 그래서 데리고 병원, 거기 불러다가 풀러봤더니 뼈가 하얗게 나온 거예요. 다 썩어서. 간수가 막 울더라고요, 여자 간수가. 너무 불쌍하다고. (…) 거기서 아이 죽고 안동으로 또 갔다 안동에서 또 아일 낳았지, 안동유치장에서." ^{대본집 162~164쪽}라고 회고한다. 임신 중에 업고 간 세 살 아이를 전주형무소 공동묘지에 묻어둔 다음, 안동형무소로 이감하여 뱃속의 아이를 출산했다는 믿기 어려운 실화다. "시퍼렇게 참던 아이. 맞은 다리 찢기어 썩어들고 진물 나고 흰 뼈가 다 드러나도록 신음 한 번 안 낸 거야"라는 화자의 진술을 듣노라면 비통한 눈물을 주체하기 어렵다.

　겨우 백일의 "빈 젖 빠는 어린것"을 데리고 함박눈 내린 날 산지항을 출발한 어미가 "아가야 저승이 아니란다 눈을 떠봐라 아가야! 아, 가, 야!" 하며 몸부림쳤으나 끝내 "눈 녹아 질퍽거리는 목포항에 묻었다" ^{「어떤 이별」}는 또 다른 여인의 사연은 눈물마저 허용하지

않는다. 그런 극한 속에서도 우리들의 어머니는 끝
내 살아낸다. 김영란은 질곡의 4·3을 버텨 살아낸 강
한 모성을 탁월하게 돋을새김하는 시인이다.

어머니 혼자인데도
동생은
태
어
났
다

뒷집에도 아이울음 조심조심 흘렀다
딸만 있던 그 집에
고추 달고 나온 아이

기쁜 날 그 집에서는
곡소리가
흘
렀
다
- 「봉근둥이」 부분

위 작품의 전반부에서 아버지는 아마도 입산자다. 어머니는 집에 남아 아이화자를 키우는데 어느 날 아버지가 위험을 무릅쓰고 몰래 다녀갔다. 그래서 동생이 태어나게 되었다. 그 뒤로 아버지는 돌아오지 못했다. 한편, 뒷집에서도 아기가 태어났다. "조심조심" 울음소리가 났다. 딸만 있는 집에 아들이 태어났는데도 "곡소리"가 흘렀다. 원치 않는 출산의 그 아비는 토벌군경임이 거의 확실하다. 4·3 시기 '봉근둥이'들은 그렇게 태어났다. 축복 속에서 태어나지 못한 아이들을 언급하는 것은 몹시 주저될 수밖에 없다. 그래서 "태/어/났/다", "흘/렀/다"처럼 끊김의 언어로 겨우 진술할 따름이다. 야만의 시대였다.

「사촌 형님」에는 산도 바다도 가까이 할 수 없어서 헤매다가 4대 독자 아들을 "기면서 구르면서" 길에서 낳았다는 증언이 담겼다. "그 시절/ 그 땅에도/ 사람이 살았"기에 "바위틈에 숨어들어" "몸의 물/ 슬며시 받아" 먹이면서 겨우 살려냈다는 것이다. "해마다 사월이면/ 마른 젖 탱탱 불어/ 까맣게 잊은 듯이/ 가슴에 품은 아이/ 조막손 제주고사리/ 젖 달라고 보챕니다"라는 「고사리 장마」의 사연도 먹먹하다. 아이 잃은 어미의 심정은 차마 가늠하기 힘들다. 아기 손 같은 고사리가 돋는 봄날이 되면 깊디깊은 상처는 거듭

덧날 수밖에 없다. 아기의 죽음 앞에서 무너져 내렸
던 모성은 처절하게 슬픔을 내면화하여 굳세게 살아
낸다.

4. 나이 들수록 붉어지는

김영란이 천착하는 4·3항쟁은 제주에 머물지 않
는다. 한국을 넘어 세계 속에서 그 의미를 찾고자 한
다. 여수·순천「여섯 개의 점으로 쓰인 비문에 대하여」, 「동백 졌다 하지 마
라」과 광주「주남마을 버스정류장」를 넘어 베트남「밀라이」, 「베트남
피에타」, 「슬픈 자장가」, 「고엽제」, 「그대 아직 살아 있다면」과 아프가니스
탄「노란 꽃」으로 시인의 실천이 이어진다. "피 냄새!/ 살
수가 없어"라며 "계속 담배를 찾"던 베트남 할머니
가 "볼우물 깊게 패이도록 빨아들여 (…) 연기를 불
어드"리자 "비린내/ 가시는구나"라며 "이제야/ 좀 살
것 같"다고 말한다는 「밀라이」는 공감각의 친밀성을
보여준다. 「노란 꽃」에서는 "그물 밖 세상을 향해 나를
꿈꿔보네/ 끝끝내 살아남기를/ 태양처럼 꽃피기를" 바
라면서 "노랗게 부푼 꿈이 부르카에 갇"힌 아프간 소녀
에게 비서구 민중으로서의 확실한 연대를 보낸다.

오래 묵은 슬픔이 버짐처럼 피어나요 찢어지던
통곡은 아득한 기록인가요 수천 번 아니 수만 번
주저앉은 문장인가요 썼다 지우고 썼다 지우고 끝
내 못 보낸 문자처럼 위령비 비문에 찍힌 여섯 점
마른 눈물인가요 죽은 사람은 있는데 죽인 사람은
어디 있나요 피해자는 간데없고 희생자만 남겨놓
은 수상하고 치욕적인 그 문장을 용납할 수 없잖아
요 동포의 학살을 거부한 그게 무슨 죄인가요 차라
리 빨갱이 폭도로 남아 잘못된 역사를 증언할래요
손가락 총 하나로 이승 저승이 나뉘고 벼랑 끝 내
몰려도 희생자라 적지 마요 잘난 체하지 마라 나서
지도 마라 모난 돌 정 맞는다 큰소리 내지 마라 손
가락질에 죽어나간 옳고 바른 사람들 그들을 겨눈
손가락 뭉툭 잘라 제단 위에 바치고 싶어요 점 하
나 점 둘 점 셋 점 넷 점 다섯 점 여섯 이것이 마지
막 눈물이길 바라며 터지는 분노를 삭혀 말없는 위
령비가 섰네요

－「여섯 개의 점으로 쓰인 비문에 대하여」 전문

1948년 11월 여순사건 부역자로 분류된 주민들이
학살되었다는 만성리 학살터에는 2009년에 '여순사
건희생자위령비'가 세워졌다. 그런데 그 위령비의 넓

은 뒷면에는 여섯 개의 점만 비문으로 찍혀 있다. "죽은 사람은 있는데 죽인 사람은 어디 있나요 피해자는 간데없고 희생자만 남겨놓은 수상하고 치욕적인 그 문장을 용납할 수 없잖아요"라는 호소에서 보듯, 위령비 건립 당시에 희생자를 위령하는 까닭에 대해서도 제대로 새겨두기 어려운 상황에 봉착했었다고 한다. 그래서 무언의 항변 같은 말줄임표만 찍어두었는바, 그것은 그대로 눈물방울이 되고 말았다는 절묘한 표현은 독자에게 주는 감응력이 상당하다.

제주와 여순을 함께 노래한 표제작 「동백 졌다 하지 마라」도 의미심장하다. 이 작품에서는 "마지막 저항 같은,"·"운명의 뿌리 같은,"·"무언의 당부 같은,"이라며 쉼표를 반복한다. 선홍의 동백꽃은 결코 지지 않았다, 잠시 쉬고 있을 뿐이라는 메시지다. 동백꽃은 나무에서도 피고, 통꽃으로 떨어져 땅 위에서도 피고, 우리의 가슴속에서도 핀다고 하지 않던가. 영원의 꽃이라는 것이다. 결국 4·3항쟁은 끝나지 않았다는 믿음의 표출이다. 그러기에 비전향 장기수 고성화에게 경의를 표하는 「어떤 추도사」, 조천중학원생으로서 청년학생들을 이끌었던 김용철을 그린 「조천」, 무자비한 토벌의 주역인 박진경 연대장을 처단한 문상길 중위에게 추모의 뜻을 올리는 「술 한잔」은 항쟁으로서의 4·3을 강조하는 시인의 열정으로 감지된다.

이번 시조집을 통독하면서 나는 김영란이야말로 지지 않는, 결코 질 수 없는 열정의 꽃 그 자체가 아닐까 생각하게 되었다. 몽양 여운형을 만난 쑨원孫文이 "사람의 머리카락은 늙을수록 하얘지고 혁명은 나이 들수록 붉어진다."고 말했다는데, 이는 김 시인에게 퍽 어울릴 법한 경구라고 느껴졌다. 앞에서 언급했듯이, 김영란은 마흔을 훌쩍 넘기면서부터 본격적인 4·3운동에 뛰어들었다. 더 젊었을 때는 활동가 남편을 내조하는 역할이었다가 머리카락이 희끗희끗해지기 시작할 무렵부터 남편과 동지적 입장으로 변모해갔다. 4·3운동의 당당한 주체로서 그 역할을 줄기차게 수행하는 가운데 나이 들수록 김영란의 혁명적 색채는 더욱 붉어져 갔던 것이다. 이번의『동백 졌다 하지 마라』는 그러한 양상을 충분히 보여주고 있는 시조집이라 할 만하다.

동백 졌다 하지 마라

2025년 4월 3일 초판 1쇄 발행

지은이   김영란
펴낸이   김영훈
편집   김지희
디자인   이은아
편집부   부건영, 김영훈
펴낸곳   한그루
         제주특별자치도 제주시 복지로1길 21
         전화 064-723-7580   전송 064-753-7580
         전자우편 onetreebook@daum.net 누리방 onetreebook.com

ISBN 979-11-6867-217-8 (03810)

이 도서는 2025년 한국문화예술위원회 아르코문학작가펠로우십지원사업 선정 작가의 도서
입니다.

값 10,000원